¡Vaya olor!

Philip Hawthorn y Jenny Tyler
Ilustraciones: Stephen Cartwright

Traducción: Ana Cristina Llompart Lucas

 Hay un patito amarillo y un ratón blanco en
cada doble página. ¿Puedes encontrarlos?

¿De dónde sale ese olor maravilloso?
Snif, snif
Es como estar en un jardín precioso.
¿Son Lolo o Gonzalo? No sería
asombroso.

¿De dónde viene ese olor tan repugnante?
¡**UGGGH**!
Huele peor que un elefante.
Es realmente un poco mareante.

¿De dónde viene ese perfume tan hermoso?
¡Ayyyyy!
Debe ser algo realmente oloroso.
Esos dos niños parecen
sospechosos.

¿De dónde sale ese olor tan feo?
¡UHHHHHHH!
Se mete en la nariz, ¡vaya un cosquilleo!
Lolo y Gonzalo no son, yo creo.

¿De dónde viene ese aroma tan sabroso?
¡Ooooooohh!
Debe ser algo que sabe fabuloso.
Lolo y Gonzalo tienen
ojos de golosos.

Lolo se ha escondido y lo estamos buscando.
¡Pufff!
Pero ese tufillo nos está afixiando,
¡¡Oh!! Creo que oigo a Lolo,
que está llorando.

Pues yo no he sido.